ÉPÎTRES

SUR PARIS,

PAR A. B****,

A SON AMI VALMONS.

PREMIÈRE ÉPÎTRE.

A PARIS,

CHEZ DELAUNAY, PALAIS-ROYAL, GALERIES DE BOIS.

1819.

Confondre la licence avec la liberté,
Et le régime agraire avec l'égalité ?
Qu'eût-il pensé des jours où ce charlatanisme,
Sous un masque hypocrite affectant le civisme,
Du bas peuple excitait l'indomptable fureur,
Et dressait des autels au crime, à la terreur ?
Que dirait Despréaux, l'Horace de la France,
Des nobles de nos jours, dont la folle arrogance,
Oubliant ses leçons, agite le tocsin
Qui leur peut attirer le plus fâcheux destin ?
Certe il signalerait justement ce vicomte
Dont le génie est propre à bien tourner un conte ;
Bel orateur, doué d'une ample bouche d'or :
Aussi fut-il payé d'une ample gratitude,
Lorsque de l'éloquence épuisant le trésor,
Du grand art de régner il instruisait Nestor.
Du publicisme il croit seul avoir l'aptitude ;
Et d'un noble pamphlet ce noble rédacteur,
De la Charte du Roi noble conservateur,
Voulant que, *pour son bien,* notre France recule
Vers les us féodaux et les gothiques droits,
Monte sur le trépied de l'oracle des lois !
Avec certain outré, comme lui ridicule,
Dans le champ politique il joue à la bascule.
C'est, dans l'autre parti, ce frondeur déloyal,
De l'Institut (jadis), plagiaire en sa verve,
Qui n'est qu'un charlatan et fait le libéral,
Ose même se dire oracle de Minerve,
Lorsqu'en lui tout annonce, évoqué de l'enfer,
Un Don Quichotte armé d'une plume de fer,
S'escrimant au hasard contre les lois du sage.
Ce génie inspiré par la saine raison,

Prétend qu'il siégera dans notre aréopage.
Comme Athènes, la France aura donc un **Solon** !
En discret louangeur je veux taire son nom ;
Mais je chante sa haine au fou libéralisme,
L'amour qu'il dit avoir pour le plus pur civisme,
Et pour la vérité son auguste recours.
Ah ! laissons-le mentir. Reprenant mon discours,
Des vices de Paris, muse, frondons le pire.

Critiques éclairés du siècle qu'on admire,
Des temps où nous vivons que diriez-vous encor
En voyant vingt laquais chamarrés, brillans d'or,
Conduire en char pompeux l'intrigue triomphante
Et tous les vils faquins qu'enrichit l'impudente,
Raillant le piéton honnête, infortuné,
Qui peut-être par eux se trouve ruiné ?
Oui, telle est de nos jours la fortune à la mode,
Que le manant oisif a le moyen commode,
Par quelque tour d'escroc, d'enlever chez autrui
La fille du destin pour la fixer chez lui.
Banale en ses amours, la fortune volage,
Préférant l'huis du sot à la porte du sage,
Y verse à pleines mains ses riches attributs
Et laisse en leur réduit grelotter les vertus.
Enfin que penseraient ces illustres génies
S'ils étaient les témoins des extrêmes folies,
De l'irréligion et des crimes affreux
Dont cinq lustres entiers accusent leurs neveux ?
Grands hommes, vous diriez, oui, mieux que moi sans doute,
Tout va de mal en pis sous la céleste voûte ;
En vain l'expérience à l'homme parlera,
Il est né fou, méchant, et toujours le sera.

Sur de pareils sujets écoutant la prudence,
Je dois me défier de trop de véhémence ;
M'attaquer à Plutus peut être dangereux,
Quand des fous, des méchans, il couronne les vœux.
Toujours prête à jaser, ma très-verbeuse muse
Sur le choix du sujet étourdiment s'abuse :
Viens, ô discrétion ! la soumettre à ta loi.
Critique, sous tes coups c'est en vain que pour moi
De mille sons aigus retentit ton enclume ;
On ne me verra point me charger du volume
De tout ce qu'à l'intrigue on peut lancer de traits.
Tes insolens suppôts... — Allons, ma muse, paix.
--Aujourd'hui grands seigneurs...--Tais-toi donc, indiscrète.
— Naguère portefaix... — Eh quoi ! rien ne t'arrête,
Tu braves le péril : songe qu'aux plus hauts rangs,
Sous le casque et la toge, il est des intrigans.
— C'est la peau du lion masquant l'ignoble allure.
— Je le sais : va, le temps saura les en exclure.
Mais ce n'est pas ton fait ; de style il faut changer :
Poursuis le ridicule, on le peut sans danger,
Bien que chez les badauds il prévale et domine.
Dépeins ces légions d'hommes à longue mine,
Couverts de vêtemens noirs et mal assortis,
Râpés, poudreux, crottés, lustrés sur tous les plis.
— Pourquoi donc étaler cet appareil sinistre ?
La moitié de Paris descend-elle au cercueil ?
Que veulent tous ces gens tristes et mis en deuil ?
Qui sont-ils ? où vont-ils ? — Eh mais, chez le ministre
De nos solliciteurs, muse, tu vois l'essaim :
Remarque un Turcaret, le placet à la main,
Demandant au ministre un lucratif office.
— Avez-vous à l'État rendu quelque service ?

Avez-vous consacré vos jours ou votre bien ?
— Mon bien, ah! Monseigneur, il ne m'en reste rien;
Capitaux, et maisons de ville et de plaisance;
J'ai tout perdu : je suis sans moyens d'existence.
Sous le gouvernement du pouvoir usurpé,
J'ai fait quelque entreprise... Hélas! je fus dupé.
Celui qui dérobait la puissance suprême,
Inculpait ses traitans sans respect pour lui-même,
Et ce maître, despote, âpre, altier, inhumain,
M'apprit, en me frappant de son sceptre d'airain,
Que corsaire à corsaire au plus fin est l'affaire,
Et je fus dépouillé. — Je ne saurais qu'y faire;
Je vous connais... très-juste était le châtiment :
Et quel que fût alors notre gouvernement,
Quiconque a de l'État spolié la finance
Est un traître à mes yeux. Sortez de ma présence.
— Madame, approchez-vous; qu'attendez-vous de moi ?
— Seigneur, un régiment dans les gardes du Roi.
Par mes seize quartiers la faveur est requise;
De Noble-Ville en moi vous voyez la marquise :
Vous connaissez les faits de mes nobles aïeux;
Ils parlent par ma voix pour l'un de leurs neveux,
Voulant aux champs d'honneur triompher sur leurs traces :
C'est le marquis mon fils, jeune, beau, plein de grâces,
De tous nos chevaliers égal au plus courtois,
Ayant d'un paladin la noble et brave audace;
Enfin digne héritier des héros de sa race,
Je dis qu'il peut prétendre aux plus brillans emplois.
— De vos nobles aïeux, dont vous faites l'histoire,
Madame, autant que vous j'honore la mémoire;
Sans doute le marquis a toute leur valeur,
Mais dans l'art du guerrier n'a point d'apprentissage.

Vous connaissez du Roi la décision sage :
On n'accordera plus le grade à la faveur ;
Il sera désormais la juste récompense
Des talens, des vertus, unis à la vaillance.
Dans les champs de la gloire ainsi le veut LOUIS :
L'impartialité décernera le prix.
— Eh! que donnera-t-il à toute sa noblesse ?
Seigneur, notre monarque est par trop libéral ;
Quoi donc! un roturier deviendrait général !
— Je vois avec regret que mon refus vous blesse ;
Mais tel est mon devoir envers l'autorité,
Dont j'admire d'ailleurs la générosité.
Si favorablement il veut qu'on le regarde,
Que le jeune marquis d'abord de simple garde
Ceigne le baudrier ; c'est le vœu de la loi.
Si de hàuts sentimens attestent sa noblesse,
Si de vaillans faits d'arme honorent sa jeunesse,
Pour son avancement qu'il compte alors sur moi :
De lui-même surtout ce doit être l'ouvrage.
C'est trop peu de n'avoir qu'un belliqueux courage :
La valeur sans talent est d'un vulgaire éclat ;
En France, elle est le don du plus simple soldat ;
Mais une âme bien née en son amour marie
Les hauts faits aux vertus, le prince à la patrie ;
Enfin le vrai mérite, ornement des grands cœurs,
Conduira votre fils aux suprêmes honneurs.
— En recherchant pour lui vos bienveillans auspices,
J'espérais m'attirer des regards plus propices.
Pardonnez, Monseigneur, mais vous n'y pensez pas
De réduire un marquis au niveau des soldats ;
Il est dû plus d'égards à la noblesse antique.
— Le temps a triomphé d'un préjugé gothique.

— Comment, que dites-vous? Juste ciel, quel aveu!
Je suis votre servante, adieu, seigneur, adieu.
Suisse, que du palais on m'ouvre les barrières.
La peste soit du siècle, et toutes ses lumières.
Remettons dans le sac placet et parchemin.
Allons politiquer au faubourg Saint-Germain.
  Ainsi chez le ministre, au jour de l'audience,
Accourt des importuns l'innombrable affluence,
Et de chaque avenue alignée au palais
Se déborde un torrent de sots *porte-placets.*
Un quidam, qu'entre tous aisément l'on remarque,
Est un chétif mortel que dédaigne la parque;
Il a six pieds de taille et la peau sur les os,
Ignorant à l'excès, oiseux dans ses propos :
Atteint de la manie à tant de gens commune,
Son esprit s'évapore en projets de fortune.
Dans les emplois du fisc par la faveur admis,
Notre fat, mécontent d'être petit commis,
Brigue l'avancement; et sa triste présence
Fatigue chaque jour l'une ou l'autre excellence
De son masque importun : c'est en vain, cependant,
Et justice est rendue à son mince talent;
Il n'obtient que refus : mais, bravant l'avanie,
Et des gens de bureau l'orgueilleuse ironie,
Chez le ministre il court, poussé par son lutin,
Essuyer les effets de l'humeur du matin.
Il les reçoit, et garde un air imperturbable,
Comme toi, cher Valmons, au récit de ma fable.
  — Eh! diras-tu, la cause est dans ce froid tableau.
A. B., si la critique a pour toi tant de charmes,
Du moins emprunte-lui ses véritables armes :
Échange ton crayon contre un hardi pinceau;

D'étrangères couleurs affranchis ta palette.
Oui, sache, peintre habile, avoir un genre à toi;
Que ta peinture enfin soit énergique, nette,
Et du plus beau des arts n'enfreins aucune loi.
Dans le temple du goût veux-tu quelque influence?
Colore tes sujets d'une fraîche nuance :
Mais c'est du plagiat, cher A. B., trait pour trait
Que des solliciteurs nous tracer le portrait,
Et mieux que toi Potier l'offre à la comédie :
Descendre à l'imiter serait une folie.
— J'ai pu me rencontrer avec d'autres auteurs,
Sans pour cela me mettre au niveau des acteurs.
Eh! qu'importe, Valmons? trop on les calomnie.
Le bon comédien, homme de probité,
Doit être égal à tout dans la société;
Jouerait-il de Jeannot la charge plate et vile,
Estimons-le s'il est honnête homme à la ville.
Les acteurs, je le sais, par l'église interdits,
Ainsi que leurs talens jadis furent maudits,
Pour avoir démasqué les bigots sous la frise;
Mais c'est une rigueur dont reviendra l'église.
Un pontife romain lui-même toléra
Qu'un cardinal eût fait le premier opéra,
Et dans la cour sacrée il admit sans obstacle
Tous les arts créateurs de ce brillant spectacle.
Pour nous, qui parlons tant de libéralité,
Rien n'est moins conséquent que cette austérité
Qui nous fait au mépris dévouer une classe
Dispensant les trésors des filles du Parnasse,
Et qui, se consacrant à charmer nos loisirs,
Sous mille attraits divers nous offre les plaisirs.
De ses mœurs, nous dit-on, sans borne est la licence;

Eh! vivons-nous plus qu'elle au sein de l'innocence ?
Dans un siècle où tout penche à la corruption,
Qui d'entre nous a droit de parler sur ce ton ?
Clairvoyans rigoureux sur les défauts des autres,
Serons-nous donc toujours aveugles sur les nôtres,
Comme cet insensé qui, la poutre dans l'œil,
Ailleurs montre la paille ? Est-il plus sot orgueil !
Dans l'équitable cœur de tout homme qui pense,
Une seule vertu plus d'un défaut compense,
Et parmi les acteurs, qu'on diffame toujours,
Plus d'un est le soutien des auteurs de ses jours,
Bon père, bon époux, pour l'indigent sensible,
A son prince fidèle et citoyen paisible ;
De tant de qualités lorsqu'il est revêtu,
Peut-on le mettre au rang des êtres sans vertu ?
Partial fanatique, estime donc, honore
Tout mortel, quel qu'il soit, que la vertu décore ;
Suivant la loi du Dieu qu'adore le chrétien,
Punis l'homme coupable et non l'homme de bien.
A ce juste argument oseras-tu répondre ?
Je te jette le gant, viens, je vais te confondre,
Et démontrer en toi le plus pédant docteur,
Le faux zélé, l'ignare, en un mot un prêcheur.
En vain ta bouche crie, en vain ton bras s'escrime ;
Molière, homme étonnant, esprit sage et sublime,
Auteur du Misantrope et peintre du bigot,
Vit dans le souvenir : l'oubli, voilà ton lot.
Valmons, à la vertu pour ramener les hommes,
Hélas ! que n'avons-nous, dans le siècle où nous sommes,
Et dans l'ordre appelé *la sainte mission*,
De sages orateurs égaux à Massillon.
Des plus purs argumens que la raison enfante,

Il pénétrait les cœurs avec sa voix touchante,
Et de l'esprit divin son génie éclairé
A la religion ramenait l'égaré.
Mais ne me parle pas de ces maximes fades
Que débite un ignare en ses capucinades,
Qui, s'escrimant en chaire à l'instar d'un pantin,
N'est rien autre à mes yeux qu'un moderne Cotin.
Ah! comment permet-on que la sainte morale,
Qu'en douceur, en sagesse aucune autre n'égale,
Se change en foudre aux mains d'un prêcheur forcené,
Grimaçant et criant lui-même en vrai damné,
Lorsqu'il donne au démon notre âme pécheresse,
Qui pour le culte incline un peu vers la tiédeur,
Ou lorsqu'elle est tombée en quelque autre faiblesse.
Là, parlons de sang-froid, et dites-moi, docteur,
Lorsqu'une âme est rebelle, est-ce ainsi qu'on la touche?
Mais vous, dont certain miel remplit souvent la bouche,
Vous êtes l'orateur doux, vrai, pur, élégant,
Et moi le rimailleur sot et mauvais plaisant
Dont vous allez punir l'impie impertinence.
Pardon, mon doux béat; j'en ferai pénitence.
A votre aise damnez le méchant comédien;
Mais bénissez le bon : allez, prêchez-nous bien;
De chárité, surtout, si vous prêchez d'exemple,
Vous ne vous plaindrez plus qu'on déserte le temple.

Laissons, mon cher Valmons, les docteurs, les pédans,
Les prétendus dévots, tartufes impudens,
Qui, dans l'impur amour d'un stérile égoïsme,
Maudissent d'un bon Roi le vertueux civisme.
Mais révérons, ami, le doux et saint pasteur,
Image en ses vertus de notre Dieu sauveur.
Il ne pense et n'agit que par la bienfaisance,

Dans son cœur et sa voix respire l'indulgence :
Tout pécheur, riche ou pauvre, il le soulage et plaint :
Du catholique rit voilà l'émule saint !
Que n'est-il imité par ce missionnaire
Dont le zèle indiscret, chaque jour, dans la chaire,
Se fait du publicisme un sujet de sermon.
S'il en traitait du moins ainsi que Massillon :
De la grandeur du Christ peignant le caractère,
Cet apôtre l'annonce enseignant à la terre *
La liberté des lois, des droits l'égalité,
Et des rois à ce prix la légitimité.
Dût ma citation vous instruire ou déplaire,
De nouveau je m'adresse à vous, docte vicaire :
Vos faits et vos discours tranchent avec les lois
Qu'impose au catholique un Dieu mort sur la croix
Pour l'homme en tous les rangs, sous le dais et le chaume.
Prêtre, dont le faux zèle a fait un charlatan,
Vainement de Louis tu parcours le royaume ;
Tout Français, vrai chrétien, n'est point ton partisan.
Valmons, vous connaissez l'esprit de la satire ;
Le critique mordant que son génie inspire
Peut du palliatif user selon son gré,
Ou porter le caustique à l'extrême degré,
Et contre les abus s'armant avec courage,
Du mal venger le bien, du sot venger le sage.
Mais, cher ami, je dois à ma moralité
De montrer en son jour l'exacte vérité.
Parmi les sottes gens, il est de certains êtres

---

* *Petit-Carême*, sermon pour le jour de l'incarnation, sur les caractères de la grandeur de Jésus-Christ.

Qui, me voyant lever le masque à quelques prêtres,
S'écrîront que j'attaque, en mes aigres propos,
Notre religion et non pas leurs défauts.
Nettement sur ce point il faut que je m'explique,
Et prévienne les coups de la cagote clique;
Bref, je suis vrai chrétien, très-fidèle à la foi
Du catholique rit dont j'adore la loi;
Du fils de l'Éternel touchante parabole,
Me rend ferme croyant aux dogmes du symbole;
Mais je sais distinguer le divin du mortel,
Critiquer un prêcheur et respecter l'autel.
Pour dire tout, enfin, au gré de mon envie,
Je vois pis que l'égal d'un inepte mondain
Dans le prêtre ignorant, que la raison en vain,
Par de sages conseils, au silence convie.
Bon apôtre, pour vous je me suis écarté
D'un sujet que peut-être un autre eût mieux traité.
Sans doute avec fureur votre voix déjà crie :
« Sont à jamais damnés les gens de comédie,
« De même que l'A. B. qui les prône en ses vers. »
La paix soit entre nous dans ce triste univers;
Vivons en bons chretiens, très-docte et bon apôtre!
Tous les faibles mortels n'ont-ils pas leur travers ?
En frères, tolérons, vous le mien, moi le vôtre.
Je rime mal, dit-on; je crois qu'il n'en est rien :
Vos sermons sont mauvais; vous croyez qu'ils sont bien.
J'y souscris, comme à tout ce qui pourra vous plaire.
Mais vous, contre mes vers plus de sainte colère :
Que la discorde enflamme et Luther et Calvin,
Bon; mais que loin de nous s'envole ce lutin.

Lorsque de nos acteurs j'entreprends la défense,
On s'écrie au scandale; *honni qui mal y pense.*

Mais toi, mon cher Valmons, philosophe chrétien,
Tu reconnais pour frère et pour homme de bien,
N'importe en quel état, tout ennemi des vices.
Ah! certes, les beaux-arts unis à la vertu,
Relèvent le mortel par eux seuls toujours mu,
Qui dans l'étroit sentier marche sous leurs auspices,
Et dont les grands succès couronnent les travaux.
C'est assez le défendre, et je crois à propos
De lancer quelques traits contre les édifices
Qu'aux muses du théâtre a dédiés Paris,
De nos premiers talens ces indignes pourpris,
D'une ignoble structure et gothique et grossière,
Au dehors n'offrent rien que la plus brute pierre,
Et dans l'intérieur vernis, bois et carton ;
Combustibles subtils, moteurs de l'incendie,
A qui la multitude aveugle se confie.
Pour la seconde fois s'embrase l'Odéon,
Ce théâtre construit à braver toute épreuve.
De sa solidité voyez la belle preuve!
Cependant, mieux qu'un autre il était ordonné :
Oui, mais dans son enceinte également orné
De sapin revêtu de grossières peintures,
De quelque peu de stuc et légères dorures,
De tout ce faux brillant que nous reste-t-il? Rien.
Le clinquant fut toujours l'or du Parisien.
Dans un grand édifice il faut que l'on allie
L'élégance à la force, ainsi qu'en Italie;
La splendeur qu'elle donne aux chefs-d'œuvre des arts,
A chaque pas étonne, enchante les regards.
Sur les marbres, débris de Corinthe et d'Athènes,
Se modelèrent l'ordre et le marbre toscan
Dont s'embellirent Rome et la superbe Gènes,

Parme, Naples, Venise, et Florence, et Milan,
Qui subirent nos lois : alors vint l'espérance
Nous offrir un émule en cette région
Dont le berceau des arts est l'auguste renom.
Chaque jour cependant rétrograde la France,
Pour son architecture, aux lourds siècles des Goths;
Et du Louvre excepté les modernes travaux,
Qui montrent dans Fontaine un autre Apollodore,
Est-il un édifice à me citer encore ?
Est-il un autre artiste, au temps même où j'écris,
Dont le savant compas, embellissant Paris,
Nous prouve que l'étude éclaira son génie
Au sein des monumens de l'antique Ausonie?
Ils obtinrent de nous, toujours peuple léger,
Dédaignant la leçon de leur belle structure,
Au jour de la conquête un regard passager :
Mais de près le vainqueur, admirant la peinture,
Se montre plus *adroit* que superficiel;
Il ne veut pas en vain conquérir le beau ciel
De cette nation qu'évidemment protége
Le dieu dont les neuf sœurs font le brillant cortége,
Et le triomphateur exige pour tributs
Tout ce qu'a de plus beau la peinture sacrée.
De Bellone, à ce prix, les cruels attributs
Laissent loin derrière eux l'Italie affligée.
Muse, quelques instans, de la causticité
Ne lançons pas les traits. Mus par la vérité,
Offrons en holocauste à la sanglante gloire
Les vers que m'a dictés la voix de la victoire.
L'Italie étonnée a vu ses conquérans
Rivaliser bientôt ses plus rares talens;
Et l'école française honore la conquête

Par les traits élégans de ses crayons hardis
Et le ton aérien, suave coloris,
Présent qu'obtient du goût la moderne palette.
Du divin Raphaël les célestes tableaux
Des peintres de la Seine épurent les pinceaux.
Oui, déjà sur ses bords fertilise en prodiges
Des lauriers du Parnasse une des nobles tiges.
France, que ne vois-tu, dans ce hâtif progrès,
Ta véritable gloire et tes plus beaux succès :
Au tyran des deux mers ne dispute pas l'Inde ;
Plus riche, t'appartient la conquête du Pinde.
Va, tu seras toujours la grande nation,
En dépit du barbare et de l'invasion
Que firent dans ton sein et la haine et l'envie,
Mais qui, te ravissant le prix de ta valeur,
N'ont pu te dérober des peintres d'Italie
L'utile souvenir incrusté dans ton cœur.
O précieux trésors de nos riches musées,
De nos faits glorieux trop enviés trophées !
Le génie immortel de vos grands créateurs,
Dans Paris a formé de bons imitateurs,
Et du Louvre, érigé pour vous en sanctuaire,
En inspirés sortaient et peintre et statuaire.
Chefs-d'œuvre en ma patrie amenant l'univers,
Acquis par nos succès, ravis dans nos revers,
De nos braves guerriers bien digne récompense,
Que de pleurs et de sang vous coûtez à la France !
Les vandales vainqueurs de la ville des arts,
Violant les traités dont vous fûtes l'échange,
Au mépris de nos droits entr'eux vous ont épars.
OEuvres de Raphaël, Rubens et Michel-Ange,
Hélas ! nous seriez-vous enlevés pour jamais.

Chez les Italiens, si du moins le Français,
Pénétrant le secret de l'art de la peinture,
Eût saisi le compas de leur architecture,
On verrait de nos jours les arts et les talens
Élever dans Paris de nobles monumens.
Moderne Apollodore, et vous, jeunes Apelles,
Unissez vos talens à l'art de Praxitèles;
Qu'un superbe théâtre, au sortir de vos mains,
Soit digne de la France et de ses souverains.
Sous le Roi sage, ami de tous les rois du monde,
Français, n'abusez pas de cette paix profonde
En vous amollissant par un lâche repos :
Consacrez à la paix de sublimes travaux;
Imitez, égalez, surpassez l'Italie;
Du dix-septième siècle invoquez le génie;
Vers Desbrosse et Perrault retournons sur nos pas :
Puissions-nous retrouver, relever leurs compas,
Atteindre à la splendeur du Luxembourg, du Louvre;
Et dans Paris enfin que partout l'on découvre
D'utiles monumens, vastes et somptueux,
Témoins et souvenirs des règnes glorieux
Qui, depuis Charlemagne, ont illustré la France.
A. B., me dira-t-on, es-tu dans l'ignorance
Que l'odieux *vingt mars* épuisa le trésor ?
Pour suivre ton dessein il faut des mines d'or.
Des mines d'or ? Eh non! il ne faut que des marbres,
Des bronzes, du granit, du fer et des troncs d'arbres;
Et, pour exécuter ce généreux dessein,
Notre sol offre tout : la surface et le sein
Sont riches des objets propres à l'édifice.
D'ailleurs, qui peut nommer prodigue sacrifice
L'emploi de quelque argent pour les arts dont l'éclat

Attire l'étranger, enrichit un État.

O vous, qui du trésor dispensez les richesses,

Voulez-vous avec fruit répandre vos largesses,

Par de nobles moyens doubler les revenus,

Par des chemins plus doux amener les tributs ?

D'or ensemencez donc cette terre fertile

Qu'habitent le talent et le commerce utile ;

Et de grands capitaux sagement répandus,

Doublés par l'industrie, en peu vous sont rendus.

De Colbert et Louvois que la munificence

Éclaire de nouveau l'horizon de la France ;

De même qu'aux beaux jours de l'un de nos grands rois,

Que cet astre puissant, docile à votre voix,

Régénère des arts une tige flétrie,

Et donne à leur concours notre sol pour patrie.

Dompte enfin la discorde, ô grande nation !

Et ton Roi paternel, le meilleur de son nom,

Aux infaillibles lois abandonnant les rênes,

Du pouvoir absolu foulant aux pieds les chaînes,

Accroîtra chaque jour, avec sécurité,

Du peuple qu'il chérit les droits, la liberté.

Les beaux-arts, dont la gloire entoure sa puissance,

Deviendront les objets de sa magnificence.

Et dispensateur juste entre tous les talens,

Ne se bornera point aux vastes monumens.

Les lettres qu'il cultive et que Louis honore,

Dans cet auguste ami déjà trouvent encore

Un génie éclairé, bienveillant, protecteur,

Et, comme en son aïeul *, un noble bienfaiteur.

---

* Louis XIV.

Contre Louis-Quatorze en vain la calomnie,
De traits empoisonnés arme cette furie,
Dont le libéralisme et ses faux beaux esprits,
Tracent l'affreuse image en leurs méchans écrits.
Pour ternir d'un grand Roi l'immortelle mémoire,
La *pamphletaire* gent et ses maigres Titans,
S'emparent de la faux fragile de leur temps;
Ils n'émousseront pas le poinçon de l'histoire
Qui le montre à jamais digne du nom de grand,
Par son propre héroïsme et son siècle sublime.
En prince libéral * , éclairé, magnanime,
Accordant avec grâce au génie, au talent,
En toute occasion, l'approche de son trône,
Dans sa brillante cour, dans les champs de Bellone,
Auguste admirateur des illustres lauriers,
Que dispense Minerve aux savans, aux guerriers,
Il maintient entre tous l'équitable balance,
Et de généreux dons en Roi les récompense :
Grand monarque, c'est toi qu'il nous faut admirer.
Quelques gens de nos jours osent te comparer
Ce mortel insensé, naguère au rang suprême,
Bourreau de nos guerriers, victime de lui-même,
Trop célèbre pour nous, et l'un des fous errans
Que le vulgaire nomme illustres conquérans.
Il vit l'astre du pôle éclipser son étoile;
Sur ce fait déplorable, hélas! jetons un voile;
Mais rappelons du moins que d'horribles climats,
Furent seuls les vainqueurs de nos braves soldats,
Victimés par leur chef, qui, dans sa soif de vaincre,
Sur des périls certains rien n'avait pu convaincre.
L'ingrat a méconnu les libertés, les droits
Du peuple qui le fit successeur de ses Rois;

---

* Généreux.

Il voulut enchaîner même l'Europe entière;
Mais le ciel renversa l'ambition altière,
Qui, sur ce continent, voulant tout captiver,
Du plus grand des États se vit tout enlever.
Ce n'est pas que dans lui plus qu'en d'autres je blâme
La fureur de la guerre où se livrait son âme.
Ah! quel que soit un Roi, fût-ce même un BOURBON,
La conquête jamais n'illustrera son nom,
Qu'étant le juste prix d'une noble défense.
Mais un cerveau brûlé faisant injuste offense,
Au monarque voisin qui le laisse en repos,
Surnommer un tel fou, magnanime héros,
Et trouver bon l'abus qu'il fait de la puissance,
C'est bien être soi-même en proie à la démence.
Anathème au mortel qui, dans le premier rang,
Prodigua des Français les trésors et le sang,
Causa l'invasion que la France déplore,
Et les déchiremens dont elle saigne encore!
Des gens vont s'écrier à l'esprit de parti :
Vainement voudraient-ils me donner démenti;
L'histoire attestera mon narré satirique.
Cependant je veux être équitable critique,
Et leur dis : Votre chef, tant qu'il eut le pouvoir,
Protégea, j'en conviens, le talent, le savoir.
Oui, lorsque, s'abaissant aux viles flatteries,
Leurs concerts célébraient ses vastes rêveries;
Mais le fils de Latone a vengé le bon sens
De ces concerts flatteurs avec lui discordans;
Et vainement enfin, statuaires, poëtes,
Voulurent célébrer d'illicites conquêtes :
Aux beaux-arts fut prescrit par tous les dieux vengeurs
De ne point seconder de tels adulateurs,

Qui, mus par le désir abject de la richesse,
De la lyre sacrée étaient profanateurs,
Déshonoraient les noms d'artistes et d'auteurs
En flattant le faux brave et sa fougueuse ivresse.
Dans aucun genre est-il un chef-d'œuvre en effet
Qui lui soit dédié dans un style parfait?
A la haine, dit-on, mon âme s'abandonne
En feignant d'oublier la superbe colonne.
Serait-ce donc pour N. que le dieu du talent
Dirigea les travaux de ce beau monument.
Non, sans doute; il voulut qu'un éternel trophée,
Transmit à l'avenir la gloire de l'armée,
Brave et victorieuse à Jemmappe et Rocroy,
Austerlitz, Jena, Turckeim et Fontenoy,
Rien n'y fut érigé, rien à la fausse gloire
Du mortel prétendu maître de la victoire,
Qui, s'il eût commandé des Goths ou des Anglais,
Au lieu de nos guerriers, n'aurait eu nul succès.
    De même que ce fou qui parcourut la terre,
Tu divagues, ô muse, à propos de la guerre;
Dans tous ses résultats, je ne vois que malheur :
Bellone veut du sang, le sang me fait horreur!
Fuis loin de mes écrits, déesse des alarmes!
Je ne veux rien tracer de tes sanglans faits d'armes.
La paix, l'aimable paix veille sur nos destins :
Douce divinité, tes bienfaisantes mains
Nous donnent le Bourbon, lumière de notre âge,
Prince libérateur, tendre ami des Français,
Digne de son aïeul, l'auguste Béarnais,
Monarque paternel dont Louis est l'image.
Mais son peuple autrefois, très-justement vanté,
Pour l'esprit, le bon goût, la gentille folie,

Son héroïsme pur, sa douce urbanité,
Son dévouement au prince égal pour la patrie,
N'a plus d'autre penchant qu'un amour belliqueux.
Passant de l'anarchie au joug du despotisme,
Il souffrit mille maux qu'enfanta l'égoisme
D'un tyran insensible à ses cris, à ses vœux.
Trop sévère leçon, tu m'offres l'assurance
Que, rendant le bon sens à cette pauvre France,
Tu la rameneras vers la félicité,
Sous le règne des lois et de la liberté :
Bienfait que nous devons à l'âme paternelle,
A l'esprit éclairé de notre Marc-Aurèle.
Ses sublimes vertus, comment les raconter ?
Ma faible voix un jour osa les célébrer :
LOUIS, dans sa bonté, pardonna mon audace.
O vous! les favoris des vierges du Parnasse,
Consacrez vos accords aux vertus de LOUIS,
Célébrez dans vos chants ses bienfaits inouïs.
Mais sur le ton sublime accordez votre lyre :
Si vous n'éprouvez pas le plus noble délire,
Si le beau feu des vers ne pénètre vos sens,
Et de sa vive ardeur n'enflamme vos accens,
Rompez en mille éclats votre lyre fragile,
Et ne prétendez plus aux lauriers de Virgile.
Heureux si mon génie égalait mon amour :
Je cesserais, ô Roi, d'admirer en silence
Ton éminent savoir, tes bienfaits, ta clémence :
Mais je n'ai point reçu du brillant dieu du jour,
Le feu dont il enflamme une verve lyrique;
Mon modeste partage est le vers satirique.
Dans peu, fils de Henri, naîtra chez tes sujets
Un Voltaire nouveau pour chanter tes bienfaits.

Si ta sagesse un jour, comme je le présage,
Des frivoles Français peut faire un peuple sage,
De toi digne chef-d'œuvre ! alors on n'aura plus
Qu'à chanter leur bonheur, doux fruit de tes vertus.
Arrive, ô temps heureux ! viens braver la satire :
Satisfait d'admirer, je cesserai d'écrire.

FIN.

Si le Public accueille ce début, l'auteur se propose de faire suivre cette Épître de quelques autres.